Texto de Edhson José Brandão

Ilustrações de Jarbas Domingos

Casa é onde
o coração está

Copyright do texto © 2023 Edhson José Brandão
Copyright das ilustrações © 2023 Jarbas Domingos

Direção e curadoria	Fábia Alvim
Gestão editorial	Felipe Augusto Neves Silva
Diagramação	Luisa Marcelino
Revisão	Samuel Silva

Catalogação na publicação
Elaborada por Bibliotecária Janaina Ramos – CRB-8/9166

B817c
    Brandão, Edhson José

    Casa é onde o coração está / Edhson José Brandão; Jarbas Domingos (Ilustração). – São Paulo: Saíra Editorial, 2023.
    32 p., il.; 22 x 22 cm

    ISBN: 978-65-81295-24-0
    1. Literatura infantil. I. Brandão, Edhson José. II. Domingos, Jarbas (Ilustração). III. Título.

CDD 028.5

Índice para catálogo sistemático:
1. Literatura infantil 028.5

Todos os direitos reservados à Saíra Editorial

📷 @sairaeditorial   f /sairaeditorial
🌐 www.sairaeditorial.com.br
📍 Rua Doutor Samuel Porto, 411
    Vila da Saúde – 04054-010 – São Paulo, SP

Para a memória do querido Ian.

"O mundo é muito grande?", Salimah quer saber; porém agora não pode perguntar a ninguém. Ela está dentro de um trem com sua família e muitas outras pessoas que ela não conhece, mas que se parecem muito consigo. Ela quer saber o tamanho do mundo, pois não sabe por quanto tempo mais ainda deve viajar.

Olhando a paisagem que fica para trás, no vidro embaçado da janela, Salimah desenha um pequeno mundo. Um lugar onde caibam sua família, seus amigos, os animais e ela.

"Se o mundo fosse pequeno, não precisaríamos andar tanto", ela pensa. "Todo lugar seria perto de casa".

Brincar na rua com seus irmãos, ler historinhas com suas amigas na escola, orar na mesquita com seus pais ou mesmo dormir em seu pequeno quarto passou a ficar perigoso. Pela noite, o céu se estourava em brilhos que não eram de cometas, estrelas-cadentes ou mesmo trovões. Estouros que derrubavam casas e assustavam a todos. Por isso, sua família busca uma nova sorte em outro canto, outra terra.

"Um mundo pequenino", Salimah deseja, "sem lugar para a guerra".

"O mundo não é tão grande assim", está convencido Javier quando senta no banco da praça a que acaba de chegar com sua mãe e outros conhecidos. Eles caminharam muito desde que deixaram a cidade onde viviam, alguns dias atrás. Passaram por estradas, pontes e rios, a pé ou amontoados em boleias de caminhão.

"Por que não vamos para lugares diferentes?", ele quer saber. Na praça, ele reconhece vizinhos da cidade antiga. Eles armaram barracas para ficar enquanto não conseguem chegar aonde querem. "Em um mundo grande, ninguém estaria perto de ninguém", pressupõe Javier, agora desenhando no ar um grande planeta.

Ele deseja um mundo maior que este, vasto e extenso, para que as pessoas não precisem se amontoar em praças por não terem onde passar uma noite. Um mundo gigante com lugar para tudo e todos: assim, ninguém precisaria se mudar ou se arriscar em caminhadas longas.

A verdade é que Javier não queria ter deixado o lugar onde nasceu. Ele ficará com saudade dos campinhos onde jogou bola, dos amigos que não voltará a ver tão cedo e de sua avó, que não pôde acompanhá-los na jornada.

Lá onde morava, as coisas ficaram muito esquisitas. Pouco a pouco, os adultos foram ficando sem trabalho; as carteiras, as geladeiras e os armários, vazios. A mãe de Javier quer que ele cresça e seja uma pessoa feliz. Então acordou-o durante uma madrugada para partirem. Javier pensou que cruzar a fronteira de seu país demoraria. Mas foi rápido, muito rápido.

"O mundo é minúsculo", ele diz a si mesmo.
"Nunca se vai muito longe."

"O mundo não é grande nem pequeno. O mundo pode ser do tamanho que eu sou", repete a si mesma Maéli, observando o encontro do mar com o céu no horizonte. Naquele momento, então, o mundo seria apertado e estreito? Ela está em um pequeno barco junto a dezenas de pessoas que remam para uma terra que nunca viram. Ou seria o mundo largo e infinito como lhe parece o mar, já que a esperança dentro de si é vasta como a imensidão azul?

"O mundo cresce enquanto eu sigo?", questiona a si mesma. Naquele barco, ela não conhece ninguém além de sua mãe e seu irmãozinho. Para viajar com eles, a mãe de Maéli gastou todas as economias que guardou fazendo artesanato em palha.

"Lá será melhor que aqui", a mãe prometeu aos filhos. Maéli preferia ter ficado para cirandar com suas primas, trançar os cabelos das meninas mais novas que ela e um dia se tornar a professora na escola do povoado onde cresceu. Não deu tempo. Para um futuro melhor, a mãe de Maéli achou melhor levar seus filhos para o outro lado do mar.

Olhando firme no horizonte, Maéli desenha com os olhos um mundo que parece sem fim. Uma Terra que cresce generosa abrindo-lhe os braços, recebendo-a em um largo abraço.

"O mundo cresce enquanto meu coração bate", ela acredita fielmente.

Salimah, Javier e Maéli não se conhecem. Cada um no seu lado do mundo trilha novos caminhos enquanto todos se distanciam dos lugares que há pouco chamavam de casa. "Qual é meu lugar no mundo?", pensam os três, ao mesmo tempo, sem saber.

Essas crianças estão em lugares que não conhecem e vão a lugares que nunca viram.

Salimah está pensativa. Quem serão seus novos amigos neste novo lar?

Javier quer saber onde fará seu próximo gol.

Maéli espera encontrar uma escola com muitos livros para ler e aprender.

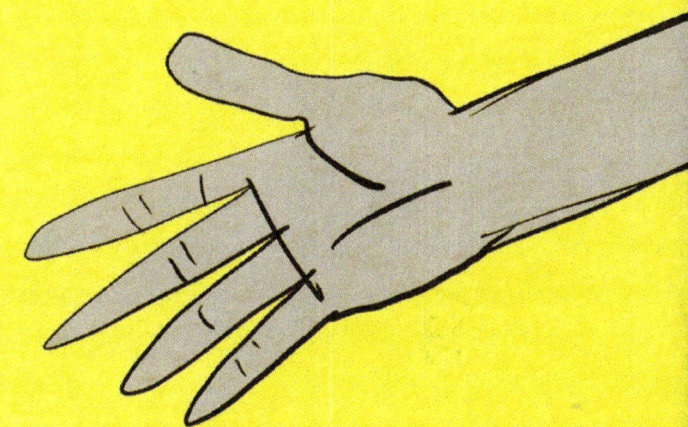
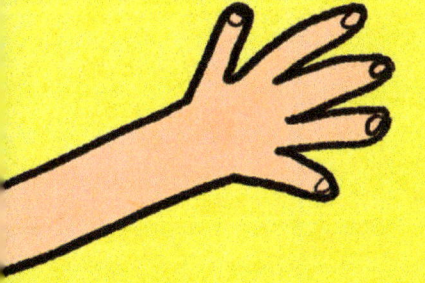

Embora tenham boas expectativas para a vida nova, os três também estão um pouco apreensivos.
E agora? Como esta outra parte desconhecida do mundo acolhe aqueles que chegam de distintos lugares?

Salimah se encosta sobre o braço de seu pai, Javier agora deita a cabeça sobre o colo de sua mãe e Maéli segura firme a mão do irmão.

"Casa é onde o coração está?", eles se perguntam. E o calor das pessoas que amam faz com que sorriam para o mundo.

SOBRE O AUTOR

Edhson José Brandão, além de escritor, é professor dos Anos Iniciais do Ensino Fundamental nas cidades de São Bernardo do Campo (SP) e São Paulo (SP). Já publicou alguns livros com contos para adultos, mas gosta mesmo é de escrever para a criançada. No Instagram, tem a página "Contos nanicos", em que publicou algumas de suas histórias.

SOBRE O ILUSTRADOR

Jarbas Domingos é pai, cartunista, ilustrador, designer e autor de histórias infantis e quadrinhos. Trabalha como artista gráfico desde 1998 e trabalhou na imprensa por mais de 20 anos. Seus trabalhos foram premiados em salões nacionais e internacionais, como o World Press Cartoon, de Portugal. Acesse seu site: www.jarbasdomingos.com.

Esta obra foi composta em Capriola
e impressa em offset sobre
papel couché fosco 150 g/m²
para a Saíra Editorial em 2023